野渡无人舟自横

任羿舟 ◎ 著

国际文化出版公司
·北京·

图书在版编目（CIP）数据

野渡无人舟自横/任羿舟著. -- 北京：国际文化
出版公司，2020.12
ISBN 978-7-5125-1245-0

I.①野… II.①任… III.①诗词 – 作品集 – 中国 –
当代 IV.① I227

中国版本图书馆 CIP 数据核字（2020）第 178450 号

野渡无人舟自横

作　　者	任羿舟
责任编辑	侯娟雅
特约编辑	周立峰
封面设计	一　舟
版式设计	姚建坤
出版发行	国际文化出版公司
经　　销	全国新华书店
印　　刷	永清县晔盛亚胶印有限公司
开　　本	787 毫米 × 1092 毫米　　　16 开
	8.25 印张　　　　　　　　　89 千字
版　　次	2020 年 12 月第 1 版
	2020 年 12 月第 1 次印刷
书　　号	ISBN 978-7-5125-1245-0
定　　价	68.00 元

国际文化出版公司
北京朝阳区东土城路乙 9 号　　　邮编：100013
总编室：（010）64271551　　　传真：（010）64271578
销售热线：（010）64271187
传真：（010）64271187-800
E-mail：icpc@95777.sina.net

目 录

序 言

仔细品读了羿舟先生的诗词集《野渡无人舟自横》，心中甚是欢喜。

他在文学网站粉丝众多，年年都有很多因读了他笔下的西安而到古都旅游的文友。可以这么说：诗词是他的名片，他是西安的名片。相关网站这么评价羿舟的文字：他创作的诗词歌赋婉约凄美，真挚自然，纯乎天籁，形式上善用白描手法，自辟途径，语言清丽。论词强调协律，崇尚典雅。

古诗词是中国传统文化的瑰宝，是中国古代文学的精髓，是中国古代文人雅士心灵的栖息地，更是现代人陶冶情操、颐养心性，提升自身文化修养的方便法门。

从《诗经》的"关关雎鸠，在河之洲。窈窕淑女，君子好逑"到《楚辞》的"路漫漫其修远兮，吾将上下而求索"，从李白的"天生我材必有用，千金散尽还复来"到杜甫的"为人性僻耽佳句，语不惊人死不休"，从苏东坡的"大江东去，浪淘尽，千古风流人物"到李清照的"云中谁寄锦书来，雁字回时，月满西楼"。这些古诗词中的经典名句，已经成为中国传统文化的重要基因，进入我们的生活，融入我们的血液，深深影响着每一个中国人。

羿舟的这本诗词集由主体内容的三个篇章以及附加的亲子篇组成。主体部分包括古风篇五十首、闲语篇二十四首、杂记篇二十三首，共计九十七首，其中以古风篇五十首最为精彩。尤其是本书开篇的四首诗经体古体诗《爱恬》《百尔士女》《楚子》《南亳吉士》和两首回文体顺赋《虞美人》《鹊桥仙》，创作难度极高，堪称古体诗词神品，显示出作者的创作水平。

　　该诗词集特别之处是，古风篇从第七首开始到第五十首为止，每首诗词后面都有一段文字小记，记录了作者创作当日的心境和感受。这种别致的表达方式，让读者通过诗词和小记对照，既可以从字面去理解诗词意义和文字美感，又可以从创作角度去体会作者诗词背后的心理状态，极大地增添了阅读本书的乐趣。作者文字功底深厚，每篇小记写得极其精细、充满诗意，读起来更像一首现代诗，是本书的一个特色，值得读者细细品味。

　　诗词集主体内容之后附加的亲子篇，选录了羿舟先生的十三岁爱女任曼熙的十七首现代诗，这是该诗词集另一个特别之处。我本人对这个篇章非常赞赏和推崇，既惊讶于曼熙小女的才华，又钦佩于羿舟先生对孩子的教育。

　　诗词作为中国传统文化的精髓，在中国历史上经久不衰，最主要的原因就是一直有人在传承。任羿舟先生的新书《野渡无人舟自横》的出版，就是对中国古诗词文化的传承。

　　任曼熙在诗歌方面所展现出来的才华，本身就是女儿对父亲最好的文化传承，父女二人珠联璧合，所创作的诗词恰恰反映了中国传统文化生命力持久的魅力，这流淌了数千年的民族文化血脉，不仅奠定了孩子的人文底蕴，更会使孩子知道自己的根在哪里。这是值得每一位父亲深思与学习的。

　　我相信在该书的影响下，会有更多的读者越来越喜欢中国古诗词，越来越喜欢中国传统文化。

　　　　　　　　　　　　　　　　　　纪宏栋

古风篇

（五十首）

诗经体·爱佸

爱以佸兮，委委佼人。遐不谓之，尔思钦兮。
爱以佸兮，晏晏佼人。遐不谓之，尔思忉兮。
爱以佸兮，陶陶佼人。遐不谓之，尔思悁兮。
俟子无日，奉挈百蘉。同挐下土，相好惠居。

释义

　　在哪里可以相见啊，端庄的姑娘。相距太远而无可奈何，想念你只有叹息啊。

　　在哪里可以相见啊，和悦的姑娘。相距太远而无可奈何，想念你只有忧愁啊。

　　在哪里可以相见啊，欢快的姑娘。相距太远而无可奈何，想念你只有急躁啊。

　　即将等候到你的到来，我会恭敬地捧着很多花草。一起在欢乐的大地上，相亲相爱在这里居住。

诗经体·百尔士女

百尔士女，难期我愍。莫行莫来，女于以，不与我，斁众如喓喓。
百尔士女，难期我瘣。莫行莫来，女于野，不与我，斁众如趯趯。
百尔士女，难期我怛。莫行莫来，女于宫，不与我，斁众如蔑蔑。

释义

　　你们这些所有的男男女女，不理解我的失意，还是不要往来了，你们在哪里也不要和我一起，我厌恶你们像昆虫一样乱叫。

　　你们这些所有的男男女女，不理解我的苦难，还是不要往来了，你们在户外也不要和我一起，我厌恶你们像昆虫一样乱跳。

　　你们这些所有的男男女女，不理解我的忧伤，还是不要往来了，你们在皇宫也不要和我一起，我厌恶你们像昆虫一样乱飞。

诗经体·楚子

　　楚子止镐，总角遐兮。维时麦月，众芒黍稷。尔得仓实，我行送荑。

　　楚子止镐，有行迩兮。维时麦月，众芒来牟。尔得仓实，我行结缡。

　　时后羲舒，凤莫依依。敬犹蕳英，交相煦煦。德音予美，长永福履。

释义

　　楚地的才子童年起就居住在长安，那是很遥远的事情了。现在正是收获的季节，你们大家采集收割着五谷，充实着谷仓。可我现在要给我的心上人交换香草，定下终身。

　　楚地的美女童年起就居住在长安，要出嫁的日子很近了。现在正是收获的季节，你们大家采集收割着五谷，充实着谷仓。可我现在正在将佩巾结在带子上，准备着婚仪。

　　以后的岁月，我俩早晚相守。相敬有着兰花般的品质，温和地相待。夫妻间美好的话语要送给心爱的对方，这样就会长久地得到幸福。

诗经体·南亳吉士

南亳吉士，其颂劢劢。陆都静女，其兒夭夭。
不期相揖，心则说兮。迨其相好，不言遐弃。
南亳吉士，其思悃悃。陆都静女，其愿款款。
长契不阔，乐有华实。于嗟子兮，上天福贻。

释义

南亳的一位才子，有着高尚的品德。陆都有一位娴雅之佳人，也有着姣好的容颜。

某天不经意结识，两人都心生喜悦。终于等到两人开始相好，不说疏远抛弃的话。

南亳的这位才子，有着忠诚的心思。陆都的这位娴雅之佳人，她的愿望也很真诚。

长相守而不分离，很喜悦花开有果。要赞美他俩情投意合啊，是上天带来的福气。

七言回文体·怀秋　顺赋《虞美人》

正读

幽室入夜晚烟坠，溪浅映月桂含霜。
秋暮沁露香风阑，后枝绿断落花黄。
愁情寄雁望乡远，边戍旧曲晚亭芳。
漏窗挂珠凉玉钩，秀润青山近天长。

倒读

长天近山青润秀，钩玉凉珠挂窗漏。
芳亭晚曲旧戍边，远乡望雁寄情愁。
黄花落断绿枝后，阑风香露沁暮秋。
霜含桂月映浅溪，坠烟晚夜入室幽。

顺赋

虞美人

幽室入夜晚烟坠，溪浅映月桂。
含霜秋暮沁露香，风阑后枝绿断落花黄。
愁情寄雁望乡远，边戍旧曲晚。
亭芳漏窗挂珠凉，玉钩秀润青山近天长。

七言回文体·留春度　顺赋《鹊桥仙》

堂竹栖雀山园驻，履裙翠翩妍隐户。
伤怜乍落怨含愁，傍墨笔抒情旧故。
荒碑残雪枯径暮，羽尘世物尽恨负。
香遗今古永无身，忘鸿断心留春度。

度春留心断鸿忘，身无永古今遗香。
负恨尽物世尘羽，暮径枯雪残碑荒。
故旧情抒笔墨傍，愁含怨落乍怜伤。
户隐妍翩翠裙履，驻园山雀栖竹堂。

鹊桥仙

堂竹栖雀，山园驻履，裙翠翩妍隐户。
伤怜乍落怨含愁，傍墨笔、抒情旧故。
荒碑残雪，枯径暮羽，尘世物尽恨负。
香遗今古永无身，忘鸿断、心留春度。

曲玉管·春过长安

　　雨润长安，清风漫卷，秦陵汉苑花枝瘦。朗朗八川烟锁，子望千秋，怅空留。代代王孙，娥娥红粉，朱门曲巷良宵守。短景无多，更赋离念成愁，相思又。

　　记取前尘，叹今古、和鸣鸾凤，却难万世如斯，争犹化蝶先后？复生迷。笑梨云未际，已引茕茕一度，半时陶郁，且断心言，觅赏新柳。

　　春，这是一个带有憧憬味道的季节。

　　坐在有着平静感的灰色天空下，犹如欣赏柯罗画中的风景，感受宁静。境由心造，再去品读一段安妮宝贝的文字：

　　　　一些年之后，我要跟你去山下人迹稀少的小镇生活。清晨爬到高山巅顶，下山去集市买蔬菜水果。烹煮打扫。午后读一本书。晚上在杏花树下喝酒、聊天，直到月色和露水清凉。在梦中，行至岩凤尾蕨茂盛的空空山谷，鸟声清脆，树上种子崩裂……一起在树下疲累而眠。醒来时，我尚年少，你未老。

　　把自己埋进十三朝的尘埃里，想象着前世的姻缘、轮回道上的往返。明白了：身染凡尘是心的劫难……既然活着，就不要去参透生死，多点珍惜，少点淡然。

　　今天，西安阴天有雨，喜欢这样的天气，记录。

眼儿媚·桃月梅风

桃月梅风卷帘前，檐下燕出闲。
春禽尚小，梨云未见，起坐禅间。
不闻往岁青丝事，休赋旧心缘。
千秋过隙，填词工夫，流水华年。

是日·有记

　　心迹，不是自我欣赏抑或陶醉的过程。

　　坦露，不单单是爱意的表达，更是给自己面具的卸妆。我们总是想当然地活着，当错过了语境的时候，才会发现，其实，说一句"我爱你"，不是那么困难。

　　有时，错过一瞬，就是错过了一生。偏偏，我们忽视一瞬，最终，纠结一生。

　　近午时，城南短时小雨，无损窗前一树小花，却又怕花落，想起往岁事，诸多感怀，填词《眼儿媚》，打发时间。

满庭芳·春江岸

　　春过元洲，风摇竹影，烟波万里清幽。蓑翁依在，棹歌诉浅愁。最忆彼岸青梅，几欲问，船家知否。伤怀事，痴心犹记，难遣夜发后。

　　回眸，堪恨处，人面不复，相思眉皱。看逝水如斯，休叹白头。无晴总是晴后，恼风雨，何苦淹留。守长亭，待伊且住，再笑折杨柳。

是日·有记

　　有时，面对生离死别，让我们感到无助。有几多如果，就有几多抱憾。因为痛心，我们学会珍惜，而又是什么，可以让我们懂得释然？

　　因一段旧事而夜废无眠。晨起时，方知今日临近除夕，倾述感怀至一半时弃笔。

　　往事，已是隔岸的一瞬烟花、结束的倾城欢宴，曾经在奢华中俗杂、俗杂中奢华。

　　如此，那就转身，在另一面，给自己一个方向。

相思引·早梅红

早梅红，横窗瘦。庭外清风盈袖。
泥燕空巢黯旧。家雀寻时友。
记取那年香静尽。自对桂秋花信。
何处柳台描翠锦。枝蔓相思引。

是日·有记

又是一年春，在走马灯般的年月中，渐惯了生命中的人来人往。

每个人，心中是否都有一座城？用记忆，沿路寻着曾经的离愁。人去了，城便荒了，即使折尽路边柳，唯，心事徒留。

今逢窗外花开，情与景，境与界，总能挑起隐在内心一隅的情怀。是可赏抑或不赏，不去溯源了。只是在想，如果有人能够如此依然念我，自己便笑了。

不去等一年春归，不去听一场花开。只追寻绝美的遇见，相伴于时光的温润中。让这场相思事，使众生的艳羡，难以成文。

今日观花，填词《相思引》，记录生活。

江神子 · 长安春烟

　　春烟红染漫长安。隐虚檐，透青帘。过眼风花，昨事叹尊前。不忆少时曾妄境，伤旧曲，念歌残。

　　今宵浅寐待婵娟。照亭栏，显芳颜。一洗香愁，了却那朱铅。轻掩云窗听过雨，如燕聚，醉合欢。

　　清晨的书房，沉香已燃尽。

　　坐在飘窗上，煮上一壶朋友送来的清茶，不觉中，今天的时光已近半老。将兰花移至阳光处，感叹一株草不求境遇、不计子影而依然雅致，似若俗尘中懵懂的伊人，烟尘不忍染肩。

　　花的时光，是否寂寞且幸福。花会凋零，是如我们每个人的情与事，不论浓烈与淡远。

　　最终发觉，无关了悲喜，可是一场宿命？

12

蝶恋花·鸳情记

乍见桃花红近满，疏影藏羞，笑指青青浅。
双燕无踪春月半，别时尚记挥纨扇。
此景是如人镜断，昔日离伤，又怯荼蘼院。
自古相牵悲聚散，鸳情不作声声慢。

是日·有记

　　季节，只是一次扭腰，我就以寻找温暖的名义，靠近。

　　心动，贪花恋果之外的诱惑。爱上不属于自己的小宠，幻想，是缘。

　　终究一别，不会有歌中的回望，诗中的回眸。因了世俗，你我的闪身，是别人的优雅。今夜，我用厚重的文字，埋葬浮尘般的自己，容颜，不需要缀上符号般的名字。来世，偶遇的一笑，醉了前生，倾了今城。

　　自古相牵悲聚散，鸳情不作声声慢……

诉衷情·品春茗

春晓凝香人素醒，石旁小竹青。最喜林间煮泉，懒闻娇燕莺。
雀舌细，白毫轻，煎仙茗。一茶禅意，闲翁迟烹，却问梅情。

　　每天的清晨，慢饮一杯茶，这是自己一天中最能感悟生活的时刻。

　　不去想哪个老头说了"床前明月光"，还是"宿鸟动前林"，各有各的人生感悟。

　　近日琢磨个别朋友的琐事，自己感觉，消极或颓废，不是上天入地而无门，而是不知转个身寻得一解。人活得悲喜好坏，先找自身问题。既然活着，精彩与否不要找出理由。境由心造，那你首先把身境做好。这靠自己的智慧和汗水。

　　如此，就有了你的价值。

　　填词一首诉衷情，打发闲暇的早春时日。

虞美人·春夜听雨

雨过帘外逐红郁，花逝仃伶去。
莺春尚在锦泥魂，作问丹情如此梦无痕。
夜央漏尽风疏浅，几度沧桑远。
岁华将老不堪伤，旧曲新词清唱话潇湘。

是日·有记

　　春夜听雨，就是了却奢念，遍看雨中春妍千倾，无见红妆依树，垂
檐低了伊人白屋，谁人买花沽酒，只等明日落红。

　　春夜听雨，最是才子拥了佳人，临窗歌楼，望街巷灯影点点，隐入
西风，前人作尽离伤句，今日可是一纸心约，且听，私语浅浅。

　　今夜，听雨有感，随手写骚文，记录生活。

一丛花令·烟雨江南

昔年风剪易花残，烟雨又江南。空山有寂红尘淡，忘归渡、情倦二三。楼榭沁凉，倾樽向晚，灯火润朱鸢。

今怜青黛褪华铅，凝愁漫香笺。前人作尽离伤句，且凭栏、心许婵娟。春暮柳浓，芳踪笑看，惟待玉弓圆。

是日·有记

有花，于蜗居下，它是我儿时的玩伴。

二十世纪七十年代童年追梦里最漂亮的花，依旧在，只是少了那时的蜂蝶。还有那低矮蔷薇和流胶的松柏，在记忆中，都是过时的景象了。

如若说，人生如旅，身边多少与己有缘的人与事，抑或你记忆中的一株花草，走了，只有是无暇之后的某个日月，某一天，一个不经意的一瞥，再回首，发现童年很近，近得可以触摸，可以深深地一嗅。但你已经无泪而流。

不要说你想哭，那是你缺少一个自己回望童年中无法回抱自己的影子。我们经常沉浸于过去的时日，我们渴望回到过去，这一遭，只能是简单地弥补一些隐秘的内疚。

人生是苦与短，不是去领悟之事，在于，你今天做了什么，为谁？

相见欢·南湖

晚寒漫入南湖，细雨疏。无意轻烟春夜隐玉珠。
风盈袖，锦帛透，剪风烛。几度卷帘望晴却落无。

是日·有记

　　其实，不愿意日出日落定义是此生经过的一天，不去想某刻与某人的相聚记忆要参照时光的某一个点。

　　时间还是可以分割，多少分之几就是自己和喜爱的人的生命焦点，给你一个想象，理解丰子恺先生怎么成了诗人，一钩新月天如水，记得加衣成了爱意的名言。

　　我不想记录某一年某一月某一天是对某些人的眷恋，只要开心地笑了哭了，真心相拥可以是不羡鸳鸯不羡仙。

　　生活，并不需要别人诠释出的名言。对于每一个人，心花可以怒放到黎明时的一现。淡然，让七情有一个不去回首的还原。

　　南湖夜凉，但它是有了注脚的想念。

浣溪沙·青树连枝隐夜庭

青树连枝隐夜庭，月阑悄裹碧池星。
水上柳，灯下人，几愁情。
黛绿粉白妆泪冷，蓝衫朱锦藕心生。
素书传，残墨酣，爱相盈。

是日·有记

生活中，很多景很多人总是牵情。

凭吊故地即使已非，仍生出心事，一如唐婉那句："怕人寻问，咽泪装欢。"情太深更知离索苦，确是无言以答情为何物，何苦又胜却离索苦？！

故地，往事已缈，旧痕犹存，如若爱的人音容已缈，那种相思难却，几多遗恨！每天，还是多多珍惜身边人与情，爱一个人，还须多读《钗头凤》。

是夜，再读陆游与唐婉的爱情悲剧，感伤依旧，赋词一首，记之。

踏莎行·千千诉

菊月枫林，茱萸香入，秋寒新漫郊游路。
碧空不见去雁途，忆怀何必登高处。
旧年无痕，离魂何住，东风前度谁家府。
青烟复染故人庐，寻逐且作千千诉。

是日·有记

年轻时的深爱，自己左也不是右也不是，是于事的心盲。

为人子为人父时，对于亲人是前也愧疚后也愧疚，是于情的心盲。

于事时不懂情，于情时不懂事。盲，太多是生活因己的不解、自己给了自己的障眼。

心，总是随了自己，最后，发现，是自己给了自己的错。

今日重阳，怀念父亲，填词《踏莎行》，记录生活。

木兰花慢·冬月

冬深夜魄，怅望郁云遮天路。
庐外琅疏，更少清光俏意无。
冰华亘久，人若百年难盈手。
且待春来，邀月布笔书夙怀。

是日·有记

　　傍晚，朋友们抱怨着寒意，它却是我的最爱。可以没有应酬，过一个远离酒精的夜晚。

　　孑影和群欢只是一种生活。每个人都在入了自己的戏，过自己的生活。这只是仅仅活着自己的情。

　　都说千秋人情须从戏里传真，又有几多人从戏里而豁然？想开的人，才是开了自己的戏路。想不开的人，不要去祈祷世界和平，还是先着眼家庭和平为妙。

　　中午云南的朋友问何时抵达昆明，我说先享受西安寒日萧萧上琐窗的日子。

　　虽然，此时的天空似如康斯泰布尔笔下的阴沉，但这是大自然的馈赠，令自己畅怀舒心。注记。

临江仙·竹本无心

落落绿卿秀竟岁，破土不与尘同。

虚怀雅度透长空，松梅共静外，任尔百花红。

君子劲节青趣尚，无闻闲语剽声。

清风两袖有知行，若竹心肃志，犹笑傲霜中。

我们在可鄙的世俗中，活着。

甚幸是在血与水的迥异中，我们能够分清自己。所逐的，是一份千年也割舍不掉的情。以此情，衍生出亲情外、身边同性异性间彼此如亲情般的如血情谊。如何当以珍惜，如何以吾身之道传予我们的孩子，又是我们在虚与委蛇中而去慎行的。

不论前生今世，不论富贵贫贱，不论亲疏远近，只要相亲，即可共携。生存的意义，可以如此简单。

一友，教育工作者，答应为他填词一首。咏竹赠之。

清平乐令·舍前有菊

小庭枝瘦，了却西风事。
玄冬尽红菊尽放，惆怅此华短日。
薄阳不暖堂前，瓦霜还冷阁帘。
枫园玉人无迹，念思且赋花闲。

是日·有记

　　喜欢楼下邻居家的菊花。

　　那似锦的妖娆，想象做一株植物的幸福，无须感怀某个女人说的绿肥红瘦。人为花谢而感伤，而花不知此情便是幸福。

　　人过一生可吟出一阕如梦小令，花开一季又该将如何？若干年后彼此离尘后的境遇：你是花泥我是黄土。

　　可否用佛语中的"尘缘"二字作为注脚？

　　幸福得像花一样，也是一种祈愿。

鹧鸪天·十月朝

烟锁寒芦径草黄，云遮远岭目微茫。
偶闻雀鸟呢喃语，又捧篱菊著心香。
郊祭地，寨村旁，年年拥聚告吉阳。
福字且寄半时句，但祈亲识岁岁长。

是日·有记

　　这种日子，古人云不能饮酒，但我，没有作乐。我用你的嗜好，用心，躲在一隅，和你对酌。

　　这种日子，没有祠堂，今天也只如若干年后的日出日落。没人想起，延续了的血脉，可否能做你驾鹤时的慰藉。

　　这种日子，她就是带着诡异面具的女巫，她的无形左右着我的有形。于是，你带走了你的遗憾，我保留着我的遗憾。我必须用做人的虚伪，打造自己的坚强。但我真的想你！

　　这种日子，我真的想哭。

　　（今天，怀念父亲和岳父，记录生活。）

河传·秋桂

秋碧，怡目。清风过处，桂香遮路。
众俗拘世少愁暇。问他，可识金粟花？
欲尘不染仍将去。又谁与，月上嫦娥女？
近凉天！市陌间，有娴，却寻思广寒。

是日·有记

今天，中午时光，如果以 MV 的配乐形式记录，真是最美：淡淡的，缓缓的，和一位友人，在他的关切下小酌……

傍晚时分，散步于楼外街巷，买下花农一车的花草，叫弟兄们前来品赏并把酒后带回。聚时又说起很多遗忘许久的旧事。能忆起的，总是美好。

今天，是初恋女友的生日，伊人于西安以西，很远。自己，只能无望地给自己一个短暂的念想。青春，可以无悔，而青春往事，何以重来？

恋，可以让一个男人心中柔软，在人生往后的际遇中，又有一种情，不是羁绊，是自己给自己的，界。

记录生活，2015 年西安的秋。

凤凰台上忆吹箫·秋

帘外飞霜，柿红菊瘦，不闻昨夜寒蛩。望雁天云碧，万里瑶空。浮景盈盈若水，衔远岸、又著青丛。独沉醉，香吹两袖，愿与谁同？

匆匆，这番且莫，今岁隐心身，背立俗笼。笑众生随世，阿顺之容。仍是阶前篱畔，当去做、栽大夫松。倾樽处，鸦啼鹊鸣，共入秋浓。

是日·有记

酒后的浅醉，有着褪去尘貌的真实。

醉飞吟盏或是醉里吴音相媚好，都使人艳羡。酒外之人是难悟其中之乐。酒醒后的沉静，尽可享受精神上的微醺。

昨夜，秋虫的狂欢衬出了夜的生命，想象得到勾栏瓦肆、街区楼台，甚至是暗夜里的田间阡陌，那月下的祥和。有时，人需要这种静美，撇了人世繁华、淡了尘寰风情……

生活中，人与事的去或留，可以深深地眷恋，仍需学会放手，只是在记忆里，守候……

秋将暮，喜欢这一份清寒，更喜此中独处的清净。不惑已过几度，一两知己外，故友新朋，或许该是有散时了。

有感，记之。

踏莎行·曼熙

秋色渐寒，芙蕖落早，徂景已退荷扇老。
永夜寂寂月移行，微澜却扰蛙声少。
曼睇熙熙，爱怜隐隐。碧池犹闻千金闹。
又是莲房著香尘，西风莫笑莲子小。

是日·有记

　　此刻，爱女曼熙在旁边已经进入梦乡，在自己满满的父爱中，为曼熙填词《踏莎行》。

　　此时，仔细地回想着自己的童年，追寻几十年前关于西安的记忆，犹如已经干涸的池塘重新注满水，该泛起的，会在不经意间突然闪现在你的面前，该沉淀的，即使有人提及，也如一本书的某个章节，读后却无从忆起。

　　童年，在文学作品中常有着快乐的寓意。是可以触摸到的阳光灿烂的日子，就在堆砌完这些文字，蓦然感觉：自己是用 HB 铅笔，不知不觉临摹完一幅幅景物的素描，淡淡的黑白效果……

菩萨蛮·子夜

风急劲扫夜方半，
绿窗未掩朱铅乱。
寂寞一曲新，三弄复旧琴。
举眸广寒处，忘数几更鼓。
听雨惹心怜，入梦芭蕉远。

是日·有记

经常，寅时醒。

醒后无聊，没有杨柳岸的意境和填词的激情。几支烟的工夫，在一片麻雀的私语中，天已微明。

人活着，没有那些麻雀的自在，更无猫狗那样的黏人。每个人的善在张扬，恶依旧蛰伏。我们与真道德共生，与伪道德并存。每个面具下，时隐时现自己的多重人格。

你是天使，也是魔鬼。

人性本善良，罪恶却又由心生。

拒绝激活。

青玉案·春光误

枫红落尽居庐处。更惹去、枝空举。
路次人疏无雀渡。径边竹影，陌头花印，满目寒风舞。
香尘隐户失婵语。绿裙悠悠瘦清句。
浮年终是留旧故。来生犹记，问伊知否，笑把春光误。

阳光下，小坐于一个有着阳光的街角。

品赏着过往的谁家少年，或是一嗅惊艳拂过的香尘，打发腕间的时间，个中滋味胜却一杯浓浓咖啡的味道。

人生境遇中，某段时光，给自己一个心静。不想那年那月的青涩躁动，轻轻地体悟平淡。这是可以很奢侈的日子。早已失去嘴角上扬时的单纯，又不知何时学会了混迹。

我们都可以，允许自己对一个人深深眷恋，也允许自己与其素无往来。万家灯火中，有一盏灯下有关于对自己的记忆，这就是恋恋红尘中的幸福。

想象自己仅是孤零零的存在，那就寻一个膜拜对象。

即使，它仅剩膜拜价值。

永遇乐·长安他年

遥念他年，邻家模样，盈盈一水。那日绿窗，不见娇怯，红袖别千里。岁阑几度，临风把酒，自是陌间独醉。笑痴癫，何人似我，情如草木芜荟。

悄然至久，闲思卷涌，独画镜前盘髻。笔下离愁，难描织女，无奈秋期泪。花朝月夜，孤琴清越，未教音翰空对。指苍帝，浮生散聚，可为汝意。

是日·有记

很喜欢台湾歌手杨庆煌。

他的歌词里，淡入淡出着自己的故事。

如果说没有牵过手的初恋也是一幅景，那么他的歌声就是淡淡的背景音乐。

缘起一位漂亮女孩开启自己短暂的青春情事，最终还是在偶像那讲述故事般的歌声里，自己填的一首词《永遇乐 · 长安他年》，且算是为他年己事画上一个句号。

他年，1989。

玉蝴蝶·远目风烟

远目风烟吹尽，依阑瑟瑟，檐草露光。双燕曾栖，仍是旧日花墙。空留巢，去归何地，冬未老、处处庭荒。复嗟伤。居庐凡境，心幻微茫。

追怅，无鸿能寄，飞书情事，落恨霜江。醉面迎宵，问知今梦做歌郎。道余思，卷中愁浅，呵上苍、可解离长。愿登望。不忧千里，且沐熙阳。

此时心事如蝶，未能在你离开的一刻破茧。如果心事如苞，请允许，在我消逝时绽放。怀山欲隔东水流，念咎哀哀泪满袖。

若，时光能如大海退潮般倒回，在潮涨之前，请你等我，用爱努力填补生命中的残缺，让挽手的时光替代数年后的合掌祈言。因为，也知道，百转千回后的蓦然回眸，爱的人已在红尘彼岸。寻，而不见。然此岸，身临百般繁华却难享其中，心已在松柏肃穆、墓碑静默处生根，终会有花因泪而盛开。

笙歌散尽，染指别离后的浮殇。常泣醒于一泓星河之上，追随呼唤唯见背影飘于迷蒙之中。秋有心可道出愁，但，冬夜下培植的心，无法读出，是难言的隐痛。祈望上苍，能否将我愧念之躯折为无帆之船，在彼岸可以目及的地方，做一次苦渡的修行。等待再次的轮回，寻着再次的最初，只为再一次的作亲为朋。

相信情，不会永失。

（今日雾中上山扫墓，每块碑石下都葬有华丽或沧桑。有生为何须有死？有今生是否有来世？谁来安排的宿命？无解。唯感谢今生我们能够是亲人、朋友。谨以拙作献给永远离开我的他们……静待来世的相聚。）

行香子·青门忆

春意浓沉，碧波粼粼，折柳时，掬手为心。回眸常忆，昔影情昵。恨室空幽，人空守，爱空收。

晖照无双，猜有如今。野寥寥，怨系花阴。晚时归去，没入青门。对一盏茗，一烛影，一歌吟。

是日·有记

生活中，每个人难免会有和某些人的缘分只是擦肩。

错过一道景，只是错过了一种心境。错过一次美好的擦肩，是给自己数年的黯然。

擦肩，即使时光不老，缘分亦会散去。以禅的心性自活红尘：一花一世界，一树一菩提。

那么，浅缘，不要去奢望携手佳话。许一个来世的愿：她抛绣球，你在台下。

醉花阴·今岁烟花

春夜星疏明月瘦，烛映宫灯透。
门扇换新桃，堂户帘中，歌笑余怀旧。
记昔低黛茕茕走，百念独和袖。
今岁弄烟花，却待形影，不愿千红后。

是日·有记

是夜，总是在这样的时刻，静坐如禅。

窗外，潮冷而凝重，车灯闪过飘窗，暗暗的橙黄滑过脸庞，犹如一部无声的怀旧影像。时隐时现的筝曲缭绕于耳际，平添几分古意。虽无明月，却也感受了清泉石上流过的韵而有声。

当一切在沉寂中落幕，盘膝而坐，如伫于窗前的一棵树，去回忆叶的婆娑。沉沉冬夜，彳亍在往昔的日子，记忆片片枯黄。重新拾起温润的语言，吟诵下，却是反复的哀伤。心事开始纷沓而来，蔷薇般植于左右，刺痛隐秘的伤口，何能做到拈花一笑？

归去未见来兮。曾经的笑靥和低语已在怀想中淡远。很想携一抹莲香，赠予谁？伸出的手空握于暗香盈处，知与谁同？旧时光江水般东逝，在淡入淡出的情与景中，心事点点，碎了一江水，醉了岸边谁？再次找寻熟悉的背影，用如初的目光将其拓在心壁，在渴慕中素描，如此，便不再是景外之人。

又近春节，忽然想念一个人，填词《醉花阴》。记录生活。

减字木兰花·苔巷

风檐雨乱，帘外花寒云树黯。
苔巷无尘，家雀离巢鸦踏门。
青灯朝暮，狂墨临池轻仕户。
唱唤陶翁，写意红笺共隐生。

是日·有记

　　最近过隐居生活，想起了身在他乡独来独往、漫无目的之悠闲。虽当时情景已在怀想中淡远：小风嗖嗖跟刀子似的北京城，那充斥着浓重京腔的胡同；夕阳下，慵懒少妇身着睡衣，手提着刚买的吃食、趿拉着拖鞋穿过的成都小巷……

　　但这些残存的片段，就在此刻轻敲键盘的声音中，依旧能很温暖地敲出青春年少时的回忆……这些回忆，就像是淡淡的风，你能嗅到其中一丝丝的孤独，而这孤独之美，却像可口毒药抑或美酒，至今沉迷。

　　很喜欢一首歌曲，《八又二分之一》："异乡的旅店，失眠的清晨，远方悠悠响起火车的汽笛，沉寂的冬夜，晚醉乍醒之际，冷月下风铃声韵凄凄……"

　　那年那月，经常是这样的清晨或者夜晚，在一座仅能自己与自己对话的陌生城市，陪伴的，只有一把戴红领巾时攒钱买的口琴，在那安静的一隅，用低音，缓缓地让蓝调的悲伤弥漫开来，整个世界变成背景，没有浮华。孤独，是主角。

　　然而，旅途的孤独也是际遇，在你没来得及品赏之时，就要学会舍弃。但，学会了快乐。

　　夜，隐居杂思，记录。

眼儿媚·落花

残雨湿云隐红楼，楚雀踏檐头。
谁家粉腕，不描绿黛，慢挑帘钩。
尘客情恨千千念，最苦离散愁。
相思仍作：落花有意，水自东流。

是日·有记

　　窗外，阴云片片，犹如法国现实主义代表画家柯罗笔下的银灰调子，这种色彩具有宁静感，可是在很多人的心中，却容易感到压抑和郁闷，几乎形成了一种集体无意识。

　　但是，它积淀着的原始意象是艺术创作源泉。有着这种指向性的不论绘画或者诗歌，其根源只能在"集体无意识"领域中找到。

　　此刻，自己很痴迷于如此天气下的慵懒。一杯牛奶、一片面包就能感到对生活的满足。

　　这样的一个清晨，心，真的是可以如此澄净。

江城子·霜天长安

　　霜天月淡暮烟城，渭桥灯，媚灞亭。八水轻寒，云萍惹离情。王者去归留古恨，阿房殿，汉阳陵。

　　孤生晏若弃香风，近神行，远功名。聊写红尘，戏笔共词盟。答问隐学终道理，识才客，揽文星。

是日·有记

　　自寒露节气过后，今儿的天气自认为是真正意义上的秋天到了。

　　秋高气爽貌似昨天的事，今天出门一片萧杀景象入眼，你不由得希望寻求温暖。如哥们儿说，咱今儿喝点白的吧？

　　中午在广电中心旁一小馆儿落座。这种感觉，对于寻求市井生活的我来说再惬意不过，这是男人们的乐事，小酒喝着，谈及二十年前旧事，在无法展望未来的话题中，旧事由浅入深。

　　曾经，觉得日子过得很慢，现在知道，时光，真如飞鸟般，一天，一月，一年，是眨眼间的事了。

　　夜归，于微醺中填词，于霜天长安。

清平乐·初晨
戊戌年秋日呈弟庆生

初晨帘卷，青桂浮香满。
瓦雀飞鸣石苔院，闲径独客疏懒。
犹记旧日秋还，生辰送盏酣边。
今岁遥同觞举，长安共占韶年。

是日·有记

平日里，如若能有一友如佛，便可经点拨而开悟，得以明了并忘却诸多繁杂尘事。

而今一年岁过，更是悟得自己曾经的思与虑如水之性，低处而流。方觉自己固着或设限的思维不可不破。须弃"水可疏而不可堵"的措置之念，当堵则堵，寻得另一方天地而探寻真理。

浮世流年中，人事情事浑浊不堪，如无自己的洞见并不断突破，心，永远在蒙蔽，乃至无法身心解脱、一尘不染。

有友如佛，亦是明灯。真心谢过一年来陪伴在自己身边的好朋友们。

明天，是庆生弟弟的生日，来不及买礼物了，填词并挥毫，拙作赠予，且做礼物罢。

桂枝香·长安秋暮
戊戌秋寄贤兄晓光

　　长安秋暮。望雁塔夕烟，阛遮棠户。槐陌风旗引客，醴香盈路。记识旧馆初逢见，抱云樽、顽话酤处。不觉十载，却歌离曲，飞觥空注。

　　此霜天、别思又复。再饮宴执手，歆唏杂聚。青岁悄无，素发告知茶苦。莫急年运如弹指，作姜牙渔樵闲趣。待得龙举，和衷共济，气吞八宇。

是日·有记

　　生活中，每个人都是一样，熟悉的陌生人太多，我们都像一只只不安分的雀鸟，在他人的枝头只是栖息分秒，再见，或许已过数月或者来年。

　　结朋识友，对于青春不再、岁至中年的自己来说，已是负担。如果说青春真的能够赌明天，实际上是走进了命运给自己做的局。赌局已散，能够活下来，且是不论输赢了。下一轮，将与谁豪掷筹码，博取后半世的浮华？

　　近日，联系上了十年未见的兄长晓光，晚间，在大雁塔附近寻一海鲜馆，追忆着那年那月，拟邀已经退休的兄长携手做事，和衷共济，气吞八宇。

　　今夜，有感，填一首《桂枝香》，记之。

摸鱼儿·又初春_{变体}

又初春，画帘低卷，秦庭烟径疏雨。枫林旧树无莺度，御柳枯枝空舞。昨岁遇。冷巷燕争泥，楚雀偎悄语。萧斋寂处。瘦影落南窗，骨扇描花，行墨已夕暮。

居云户，闲园且作浅务。围炉迎侍茶侣。杯茗淡怀俗间事，知命错身半土。余草赋。片纸醉昏言，莫写流年误。无须自卜。待几许和风，香苞蓇见，同享赏梅趣。

是日·有记

梦，与现实，微笑后的无奈。

其实，都有廊桥，抑或西窗。无法跟随某一种节奏，好似拼乱的魔方。错落，是否有致，在于自己某个角度的欣赏。一面还原，可以是完美是缺失，而拾得一个领悟。用心去看，交错，不是纷乱。

追求风一样的生活，是最简单的用人性的本真表达生命的真实，很美，也很难。走出门，你就进入了谈物质道欲望的世界，掉进现实生存的旋涡，忽视了边缘的人道本质。想去改变，由不得你。只等半夜，你去卸妆，我摘面具。

生活，可以如魔方般炫目。晨安。

锦缠道·岁之元

　　腊鼓停息，冷蕊不香吟袖。望千庐、雾阁寒透，败菊闲伴穷冬瘦。驿树哀风，路隅人疾走。

　　看隔年燕泥，问春归否？更无答、黯持尊酒。待伊还、轻嗅香尘，道玉蝶过处，可赏鹅黄柳？

是日·有记

　　一瞬间……

　　如浮生中的浅梦。短短地，情节无章。寻了一米阳光，是否只为撇开愁郁，结了前世的心殇？转角，香尘一抹，可又晕开今生的初见？草木之遇。允谁，温暖地，片刻共肩。

　　醉了，痴了。执手一日，何惧换得半世的流离。此刻，空灵愀然，静写一纸的情事。曲终有时，人散是百蛊蚀心。无人处低吟，续了那瞬的半阕残词，浅唱。

　　终别，红尘一隅。望尽倾城三千，已不见青黛明眸，憾惜淡淡……人离去，心愿，便许在了那里。能否，经久地驻足，可作来世轮回的起点？淡墨素笺后，邀谁来换盏？无语，且描青花，藏进隔世的千年，红尘绝恋……

　　入昨的往事，已是透了纸背的字痕。忽然想起一句诗："为怕多情，不作怜花句。"

　　"就在这一瞬间，才发现，你就在我身边。"

　　一瞬间，想象你，语笑嫣然……

点绛唇·一夜飞雪

一夜飞雪，催开千朵碧桃艳。
盈香沁露，红润竹西院。
闲坐清阁，眉攒觉春短。
哀音卷，筝急音断，别梦寄厝念。

是日·有记

　　说是且活且珍惜，但容易忘却、忽视家中老人的每一分秒。

　　今晚，只是陪着老妈共享一次难得的晚餐。下午趁她出门散步时，自己用最快的速度下楼买菜、洗菜，很快完成一席荤素搭配，当她进门时，只是举筷子的事了。

　　兄弟姐妹都在西安，在万家灯火里只是其中各自一盏。家中如有老人尚在，哪怕仅剩一位，家，就是完整的。只是入眠的距离。而即使眠后的梦中，亲情仍旧相依。

　　红尘里，诸多情事，如莲，花败去了而有子长成。心事千点，取一枚，即可为你而痴。相守，无笺，无字，无怅而今世……

五绝·送别

横舟夕烟岸，
离人尘外游。
相期不知处，
不堪揞别愁。

昨日把酒送友人，酒醒后的清晨，努力拼凑着昨夜的记忆。

有一种感觉，真正的欢乐，是在事过之后的品赏，淡雅如花。而花开花谢的一季，似是了悟了转眼人生。

很多情与事，没有回程，学会珍惜。

今日发觉，与友道别，祝福，竟然是苦的。

酸文几句，记录生活。

五绝·春宵

清影树衔月，
空枝似俗绝。
不闻前朝曲，
独诵今宵阕。

　　且记今日，乱雨做冷欺花，西园尚无蝶宿，无聊了应景的秋千。梦里寻她，苦煞；总说一点凄凉千古意，愁煞！

　　负谁此春，浸湿了光阴。曾经的红粉，不现今日的鸾镜。终是有人，伤春更是伤情。是谁，黄昏只对落雨梨花，伊人天涯。

　　今晚，无聊文字记春宵。

五言·隐居寄意

隐居客不稠，独步枫林洲。
未从寒雨黯，寸心九天游。
新枝待霜雪，旧友伴春秋。
点墨著傲骨，秃笔笑王侯。

是日·有记

　　因为嵇康，而听《广陵散》，闭上眼去悟古时的大中小隐。又从他的诗句中去神游：现实于咫尺，灵魂却天涯。

　　羡慕着竹林七贤与商山四皓的生活方式，又玩味着庄周的蝴蝶，再想象着钟子期的樵夫生活，那弃了世俗功利的隐居，是多么轻松洒脱、随意和不羁。

　　自认为自己或多或少有着隐逸情怀，却因情羁绊以致落俗，无法选择心灵的自由。不论道隐、心隐抑或林泉之隐，自己却是随了酒瘾。

　　如果能做一名荷锄者或是歌泣者，也何尝不是一种幸福？即使孤寂，却能保全自己的自由意志和独立人格。我们无法选择出身，我们可以卑微可以穷困。但是，让自己首先成为心灵上的隐士，即能懂得知足。

　　每日身困于市坊之内，隐在内心就要靠自己的修行。身外诱惑纷杂，固守节操就非易事。庭前依然花开花落，天外依旧云卷云舒，只是，闲情可有？

　　如今很多人，准确地说是很多文化人，他们尊崇严光，钦佩严翁不事王侯而去耕钓富春山。但自己却又跻身众多圈子攀龙附凤、夺利争名。是否可鄙暂且不谈，只是此等行为迷了更多众生的眼和乱了众生的心。

　　既已涉了红尘，不隐仍需清心。择一二同道之人为友，不论把酒不论嬉闹，现实仍咫尺，灵魂已不在天涯。

五言·忆友人

仙山秋叶满，登顶暮云低。
寂寞农家舍，萧索故人居。
风咽催寒泪，雨湿落瘦菊。
千古断琴忆，知音绝弦嘘！

今天寒露，是与秋天肌肤之亲的开始。

风起和叶落，不仅有眼中的凄凉，还有别人无法读懂你内心的感伤，这真正意义上的秋天和秋天的真正意义，是两种感知，两种味道。

我们合成着凋落和收获，用这概念的形成，影响你我这个季节的性情。我们清楚地知道夏天已经离开，却无法摒弃某些事与情怀。

其实这是把玩自己的无聊，无聊到你永久地隐身，或是用微信不断地刷屏，那是你在刷自己的寂寥。你不走出去，存在感的比例还是很少很少。

这个秋天真的很美，你无视这些那是缘于你心累。

这是一个嘘寒问暖的季节，我们不能保持个性的高调。或许你并不是很忙，但给你一个今年生死两茫茫，美其名曰这叫"低调"。

做人可以低调，做朋友就要在渐冷的日子，摆出自己的"水浒"，酒热牛肉熟，开聊。

七言·城南梅早

长安城深红未采，小苑池浅梅先开。
绿竹难知春色早，黄花已解东风怀。
儿时折枝远陶心，老境对柳近香海。
且作一纸醉春句，还举千杯斟月来。

是日·有记

　　天热时，烤肉、冰啤是一种消遣，路边小坐很市井。而天气转冷，如若能围炉煮酒闲话人生，更是置身于蓬草亭下，鹅毛大雪之中，那就是意境。喜欢这样的气候，还可以再冷一些，无须有"门泊东吴万里船"的景，只要寻得一豪放君子抑或温婉伊人，把酒对酌。于阡陌间，苍茫处，自是胜景。花间一壶酒，弱了去了。

　　小区池塘边，已是花开数朵，是梅？不是梅？权且认作梅花了。离春尚早，因它，就有春的心思了。作七言一首《城南梅早》，以记之。

七言·木塔寺

木塔寺旁百荷青，池边柳浪半岸明。
绿扇抱雨喜秋潦，瞬目静云却闲停。
俗目如蛙无远景，雅心于蝉有近声。
不嗤庸众阿顺语，吾自燕谈是乐境！

是日·有记

　　秋日木塔寺，总能在一隅遇得如怡般静美。

　　落叶与红枫似若沉淀已久的旋律，像是萨克斯和吉他分别演奏的《蒂梵尼的早餐》主题曲。如此，想起了霍莉、保罗，想起那枚戒指和小猫，以及雨中的相拥。

　　生活中，我们不断地与故事、角色和光阴擦肩，感伤英雄末路和美人迟暮，以至于有了自己的迷失。

　　还是做个快乐的小人物吧，很好。

七言·重阳

临窗忆旧闲自在，枫林尘居似丹台。

昨日重阳随人老，今朝露琼待客来。

谁引婵娟天涯去，屠苏杯中望依稀。

一水可知千里月，吾侬再赋百年句。

是日·有记

　　晨起，坐于飘窗。烟灰色入目，何尝不是欣赏异样的雍容。

　　想年年重阳，景同人相似，却是变了心境。参透人间事，可是参不透诸多心事。

　　为何在月圆时才看到友情的缺，在节日时才想起友情的憾？

　　很多时候，节日是一种思念。不去想了，是一种解脱；想了，却是没有礼物和问候的静默。

　　爱，可以很多；情，可以很少。

　　随了自己，未必要去随他人的愿。有很多爱，自己藏着，已经是一种美。不要去说，更不要解释。

　　即使，人去了，它，却留到了千年。

　　苏翁语：陇馔有熊腊，秦烹唯羊羹。那就寻一家羊羹处，望窗外阴霾，看世俗男女接踵，一两杯绿蚁下肚，不话桑麻，算是与节日擦肩。

　　赋诗一首，记录。

七言·立冬

北风无意千山瘦，南天有鸿万水幽。
庭前寒菊霜枝傲，池中残荷跌莲头。
深秋才掩红花秀，浅冬再催黄叶愁。
唯是寿客笑数九，且怀雪冰来年又。

是日·有记

　　今天立冬，倒是喜欢晨起时的酣意，半梦，却又半醒。半梦所得的，填补了自己醒时对生活逐渐消失的闲趣；半醒，偏偏又是抗拒醒后自己对生活中所谓的真知之理。

　　小的时候，明天可以很多。已近知天命，又感到明天太少。如若身后抑或手中属于自己的所剩无几，跌落于世俗的有欲有求是否真的是一种责任或是担当？有此思绪，那么再次思索生命的短长，可是自己给自己的一个命题？

　　今朝，可以是无关于岁月的定义。某个人，某代人，甚至是世世代代各色人等的某一个时辰。或许得道，或许得悟。于半生红尘，如何再去求得终极目的？

　　七言一首，感悟生活。

七言·寒天

风乱晓梦晨妆寒，萧疏枝叶满庭残。
一帘霜影惹自语，几纸冬文藏他念。
闲写旧人无愁绝，再赋新好有颜悦。
不笑数点相思事，且随飞雪戏寒天。

是日·有记

　　傍晚关机，躲一场酒局。独自寻一家小馆，两份小菜，半斤老烧，一个人慢饮。默默地看着店家几个人欢乐地忙碌，似是《义不容情》中，阿健和众好友一起搞的营生。如此，才真是快乐工作。

　　男人立世，少不了三朋五友，彼此救人于危难是必做之事。岁月长河，会淘去锦上添花之人，唯留雪中送炭之友，这是真兄弟。

　　友情，在甘苦中维系、衍生。很美！这就是生活。

　　夜归，作七言，作为醒酒功课。

七言·晚归

晚归扶栏近寒烟，枫林楼上似是闲。
灯花漫点暮云外，霜白暗染寸心边。
残酒难邀清夜月，笙歌不续他日缘。
何时又现春风意，还寝梦中问流年。

是日·有记

　　习惯了一座城市是心的安然。

　　幻想，这一场雪落在了乌篷船上，落在瓦檐竹窗旁，未必耳边再有乡音是一场醉美。无语抑或吴侬软语，乌篷下的小炉亦可竹窗前的热盏，再有一个无牵挂的心境，赏雪，就是脱了俗了。

　　人生际遇中，有些情与事，如这一场雨夹雪，可以让它自然而然……

　　今天，西安，冬至。

七言长诗·长安卿路花香透

长安春景芳菲绵，城南燕影又复还。
去年人面映碧水，今日桃花漫青天。
花妍别样俏与谁？香陌重游人独醉。
情闲方恨春来早，谁人三月亦心灰？
田间依旧燕衔泥，花客仍弄赏花趣。
桃花更是年年好，直教儿女情淋漓。
犹想他年入林中，撷芳赋咏桃花颂。
倚歌笑谈舒才气，笔墨临香共卿同。
古有崔护题门扇，今是何人花黄染。
花事一朝盼持久，缘订百年愿为先。
相思总是南庄路，黛影依稀园中逐。
不问一年离散长，可有两处相思苦？
苦中流连落霞时，凝望惜惜青衫湿。
花容绽若伊人靥，盈露似泪惹心痴。
东风尚记千金诺，春水未忘盟约托。
花开纵有花谢日，落红如故付流波。
浮生常怀离别愁，念至深时复登楼。
我邀明月金卮举，再照卿路花香透！

是日·有记

如果，你喜欢上了一个人，一定要记住她别时的容颜。因为，今生分手，难以说再见。

人生聚散，似如宁静的阳光下一株安静的绿植，淡出，淡了盈盈泪光里的曼妙容颜；又淡入，独自默念，再次嵌于记忆深处。

如果，有爱就有来世，允自己一个守候，但不在悠悠忘川。让佛，给你一个有着记忆的轮回，捧出刻骨的思念，寻一次隔世的擦肩。

心思一动，窗外就会幻化初春的缠绵。谁的眼波，缘了如你的桃花而涟？任由阳光叩响斑驳的窗棂，为花的生命延续，又续了谁的心思，岁岁年年。

搁手，花的凋落，你可在千里之外，只记得——花的归期，才是你的归期。

这样的季节，可否，有一个人，因你而凝眼，一眼含泪，滑落今生的忧叹，让长夜漫，漫不过三生石畔的祈愿，搁浅今日的愁眠。

早春的味道，人间有味，是清欢。

闲语篇

（二十四首）

二十四节气

闲语·立春

又是一春
伊人黛浅
再描小桥流水
映了发间春幡
谁家少年
却总是
落笔无意
残念有痕上眉间
放歌《凤凰于飞》
又道是思了盛姬
低语人面桃花向流年

古风篇

闲语·雨水

听雨
还且一夜小楼
独饮他年陈酒
不知
明日可有东邻女
深巷叫卖
初采的杏花
大隐六朝白门
望断红楼
鸿雁可在来途
水墨淡青处
谁人又在江船听曲
灯火化作红湿痕
惊艳红尘

闲语·惊蛰

已到仲春时候
无雷启蛰
萌笋先知惊蛰寒
候虫依旧愁里光阴
南窗仍无新绿
孤隐时日
作农翁
培桂种兰
不闻七八远墅
三四友唤
只待风斜燕子
寻溪桥野岸
与谁
踩一寸春泥
度二分春色
山肴野蕨
听风煮泉

闲语·春分

孤檐不孤
又见双归燕
却是少了天子
祭日于坛
惜花天气
不见美人
难解少年游
那玲珑心思
好一个看花对酒
空唱一曲乐府
抬手
徒增簪花心事
且取几枚青杏
试问
初心可负否

闲语·清明

又道是
一霎清明雨
纷纷红杏
尽惹纷纷离情
愁肠九折
不见古人再弹秦筝
乱了穿帘燕子
伤春心事何人听
问青山不语
又且无语对花
怎教相思
随那白蝴蝶
寄情

闲语·谷雨

城南以南
农事不晚
油菜黄了春田
昨日新苗过雨
鸦喜曲蟮愁
屋前樱花已老
赏花正是牡丹时候
国色不再深宫秀
招摇洒家地头
千古世事如此
谁人长生殿
年年洛阳花酒
不妨市井寻快意
一捧谷雨茶
闲话茶余饭后

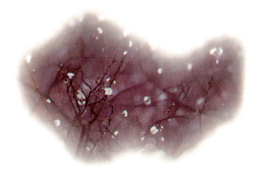

闲语·立夏

渐远
流觞故事
不见帝王南郊迎夏
陌上农妇
播种半夏黄瓜
终是
无可奈何春去也
饯春无语
偷瞄蜂蝶单恋花
正忆彼岸青梅
却看桐花悄上
小院井栏
于静默处安然
猜想
小荷争出
明日别馆
立夏

闲语·小满

黄梅五月
却无交飞燕子
谁人花底深朱户
正题团扇
是此时节
有花清瘦
衬果子红肥
惹儿童尽欢
看三尺稻梗
也是祭那车神白龙
忙了十里人烟
不闻苦菜靡草生死
竹几藤床处
细数吴蚕作茧
闲斋时日
茅檐低厦
亦如邵圃陶园
约一二野老
对酒且问
人生须知盈亏意
是如小满

闲语·芒种

麦季时日
不得伊家消息
看五月江吴
富室闲身
妻小嬉闹饯送花神
又逢田月桑时
吴楚地头
耕夫割麦插禾
这番辛苦
虽无卢橘甘蕉
却也屋有储粟
不做绝粮户
谁道悲酸不食梅
仲夏已至
霉雨落檐牙
且是煮梅荐酒
喊了左右邻家
看儿童抢食鱼羹稻饭
相逐苔色阶畔
待芒种歇后
摆酒窗额芭蕉处

寻思
你赏鹭飞
我观鸥渡

闲语·夏至

夏至
而伊不至
听蝉的季节
一寻雨巷的潮湿
西边有雨
无晴了年少心情
撷一枚半夏的药草
与谁
而北方有夏
兰花指边轻罗扇
醉了长安
谁又思那
江南兰花伞

闲语·小暑

停了梅雨
西厢窗外淡荷香
偏偏又
几多雷声
依窗
又道柳下凉
痴等一次
细雨的情调
偏是东南风起
取了绿蓑衣裳
问君去何处
却答
佳人禅香
心静而凉

闲语·大暑

大暑
腐草为萤
怜了柔弱今生
不忍烈日催人慌
且入野塘
与君慢饮伏茶
柴门静凉
掩笑陌上百谷
不知远秋伶仃
临风苦等
拟烧伏香去
遇遭雨打芭蕉
谁知落花冷

闲语·立秋

挑帘
不见风烟作秋
西园且是蝶少
蜂黄无扰
骚客不喜有雨
怕听商音早
笑看有豆结荚
后院结铃棉花
不闻农夫恨天旱
愁望一田稻花
昨夜郎中
仍做煎香薷饮
只道此日长夏

闲语·处暑

流萤老

浓了迎秋心事

荷花灯

暖了彼岸

缘定的三生

看少年田间收黍

不觉蝉声渐小

心思恁般

隔河

心中有女摘棉

数玩

一案熟谷乱

却思

明日高粱红

那红

可作相思念

闲语·白露

秋色不暖
是你分离衰荷的红颜
彼岸有谁
难弃无字繁华的黄卷
身在四海
仍念秋叶飘进的空堂
旦夕苦煞
可知
画屏之后
谁来将灯掌
白露终来
凋花
你
拈花一笑
花不再残

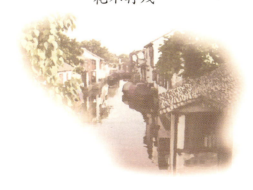

闲语·秋分

秋期已半
不忍燕子归去
临窗
叹了桂香渐远
今夜可有
执子之手
低唱与吹箫
月将圆的二十四桥
告诉我
前途有霜
那是秋的暮境
伫立于北
怀揣南方的心事
怀念
谁家秋眸

闲语·寒露

空庭不空
充斥着你的清冷
尽赏长安
几点幽白
不望西出谁人关外
听一枝胡笛隐没暮霭
蒹葭终老折柳伤情
题咏
何处铜雀台
莺语不再
燕窠空空
晚树依旧掩朱宫
有人漫笔轻诉流年
花上露
可寒

闲语·霜降

终于
有霜而降
草木伤
不染帝王的宫墙
陋巷仍陋
闲居独享秋烟凉
无语思念
掬手为盏
不见
掩面宫扇
隐入三千红颜
给我一捧
晚种的麦子
笑看秋风肃杀
隔墙
霜叶红于二月花

闲语·立冬

今日饮宴
数阶前青黄片片
却道人老堪怜
昨日秋无苦雨
有风
尽扫长安庭栏
何时围炉
墨花月白
伊人温酒且看
不待明日暖阳
吟赏
小窗黄花
傲寒

闲语·小雪

是否苍华
那一笔无奈流年
小雪
寂寥着过往的客官
篱菊
染了芳邻疏帘
何处
伊人冷
难偶终无
谁人欢期
煮茶人
是寒
且寒

闲语·大雪

此季
鹖鸣不鸣
落雪倾城
煮茶依旧龙井
雪浅处
君王策马
越女裹珍裘
回望亭檐
枝间冻雨落肴肉
人道丰年是大雪
盼了明年春好
簪花舞竹
谁侬黄花瘦

闲语·冬至

小年
陌上车马少
围炉且坐
瞧看佳妇煮饺
试想宫内红颜
笑伴帝王郊天
共是无惧阴寒
灯笼暖我深院早
虽无独眠
却顾长夜慢晓
何堪
也罢
复吟九九歌谣
攀折腊梅点点
西指长安老

闲语·小寒

窗花
转于丽人指尖
试看
明日烟花
更是公子商女
同追欢
年味渐浓
奈园守淡
香火轻染小寒天
谁知早春消息
仍是无知于我
待谁寄
作问对邻女子
凝盼
依旧红愁绿怨

闲语·大寒

年末了
说寒与谁听
仍无蒹葭伊人
无缘初见
自茧
纵使鲜衣良马
不遇惊艳
冷落是如此日
大寒
且罢
赶那年集
洒家收尽五谷
煮了谁爱的腊八
祛寒

杂记篇

（二十三首）

杂记·元春日

又近正月朔日
篱下赏无闲花
残红亦无
屠苏已好
残年了
桑野依旧寂冷
农家荷锄尚早
叹闲过四五
苦恼中年长生更少
不做薰吟自语
且去写福狂草
懒闻社火舞龙灯挑
平日酒伴一二
相聚尽樽酒
临守岁
饯旧迎新
总有酒阑情绪
别时把手
淋漓情醉
再祝年好

杂记·元宵节

今夕
不问月上柳梢
可见伊人
举头仍是
星雨烟花
看东邻团香
西邻弄粉
终见墙里佳人
欢游花灯下
一片纤腰
更是撩得
南北客官
无心张灯悬谜
冷落了
今岁瘦辞隐语
谩想
今日是初见
花灯无花
也替人愁
夜永人已瘦

杂记·仲春之月

春分一半

城南匀寒匀暖

石径生苔

闲园候客

过墙花香淡

山南田亩已浮青

小院何时双归燕

空倚阑干

且懒待他事

午天有约绿罗裙

尽醉芳樽同欢

却忧今番

寂历黄昏

愁添

杂记·启蛰天

不念

上了画楼

可有伊人同

却是期待

花梢缺处

那一滴雨的过影

一鼓轻雷

想必留在了南山之南

无声中

也是久违的蛰户

始探凉庭

西斋久居轩窗难掩

尽望

却悟心中

乍暖那景

杂记·三月

烟花三月

烹茶雨前

此日还须思仓颉

始得谷雨天

又遇牡丹时候

破萼点点听杜鹃

踏青陌上

不谙农事

却看伊人隐约

学做种棉

时今

种花人已远

回首

一片山花烂漫

杂记·春至

百蛰起
陌上农事无闲
不负春意一番
已是乍冷且暖时
无见燕过帘
不候粉白或浅
却待
来日蔷薇浓
花深处
露湿桃花人面

杂记·梅月

梅月时日
风过竹园
不羡野墅农圃麦气香
与君倾樽忙
虽是数壶村酒
却无俗友
围坐二三风逸郎
酒酣处
小扇清歌
笑指虚花世态
不问春短夏长
待醉去
分归暮烟深处
寸情伴曛黄

杂记·端午

又复端阳
邻门已挂艾草
独酌无欢
盐梅且入小盘
香胜榴花
佳辰却掩门
懒挑身旁画帘
小雨湿了
昨日黄昏
无人束衣纨扇
喃喃楚辞句
谁人懂我
又何今夜小醉

骚句连篇
问谁知
酒阑滋味
笑自作神仙
却念绿窗纤手
是近且远
茕茕身
随俗兰草浴
总是泛起
千千念

杂记·仲夏

江南
种谷有芒
梅天风雨微凉
惰农无多
学填陆翁词
不学付竹床
书写一扇荼蘼花事
望柳岸临窗女
可知农桑
已入似锦繁华
不吟今日阑珊曲
可有伊人
共持一觞

杂记·中秋

又一度
三秋之半
仍是秦时明月
却无那朝女子
胡笳三弄
都说古今良夜如此
不倚二十四桥
且望
那十二楼
神仙应知清冷
嫦娥仍伴桂花孤
虽桂花堪折
无人应景
悲了一场寥索
回望
古驿已经作古
烟寒无处

少了雁横曾经的八水
见了燕莺来往
复而又叹离合人生
终老长安城
看世间儿女情事
恁一个皆苦
有月照万里
只是难圆心思
相思处处
罢了去
一曲对酒当歌
让歌从容杯从容
且待明日
应呼对面人
老周
上酒

杂记·重阳

风疏雨冷
冷了千年长安
虽是重阳
无人黄菊鬓边
又见共古的时日
且做插花人
数重九千千
丛菊再绕
路畔带雨花篱
雨中尽惹
谁家儿女心思
城外高桥野草清寒
一捧黄花绿酒
临窗临雨面向东南
东南人已百年

不知歌长昼短
低首一曲
含泪的芦管
轻诉十分相思
心事化作清秋怨
无语西风帘卷
更无人索今词
难作茱萸扇
这一番年年愁苦
怎去描
明日芙蓉妖艳
恁个今岁重阳
寻哪家黄花瘦人
赠了茱囊
换了酒盏

杂记·秋恋

来得悄然
便想起
《西皓》的曲调
相距遥远
你携了梧桐
用叶落的弧
演绎
《育命》之舞
是否
缘于女乐的袖韵
伤了
且殇
只为前世的佳人孤冢
因你
夜凉
用文字取暖
且听我
踏歌

杂记·秋雨

红叶尚青
青苔尚浅
且喜凉风天
已近好景
那九月初九
仍是隐于长安
不做梁园客官
寻一个似雨还晴日
邀三五友
饮赏白酒红荑
采了黄花绿橘
最是酒后私语叮咛
犹似木犀香染
不愁重见了
相思难言
执手任南北秋雨
你不惜花
我惜花
梵心晴天

杂记·霜降

终是霜降
纵有浮云
难随雁南翔
古时今日
伤情总是
胡笳边马
瘦马尚有嘶残月
而今无人语西风
无字慌
长安城南
已绝鹜落雁横
扰那心中无寐人儿
身居枫林
却念边疆

不见绿杯红袖
谁来记取
神仙须是闲人做
却又拟歌先敛
难笑离恨
更难眉做远山长
不再霜纨遮目
歌一曲《阳关》
学陶翁
莫负东篱
为谁头簪菊黄

杂记·冷冬

立冬了

疏林难见昨日寒鸦

更无人吹笛

西邻玉人檐下

攒眉

不再作秋风词笔

沧桑年华

挑帘

望西风不恶

却也一地萧索

长安已无帝王饮宴

烟村更少

四五扁食人家

怜君人已故

无人再忆萧寺

谁又填

暖心冷文

随了旧时月色

老了玄发

杂记·大雪

长安

再逢岁晚

池院残菊凄黯

浅冬节令

空留寒竹临风

虽是大雪

却少梅伴

奈何人怜花似旧

更是难作梅雪诗

何堪

何堪

谁解愁深

且唤旧日人儿

对酒拥炉

无语时

偷瞄颦轻笑浅

杂记·腊八

一钵一粥
循了宋时故事
又言西边人儿
菩提树下
苦思结果
合十又千年
看巷陌人家
争为煮妇
却是无争
今岁高粱红
年味渐浓
道是忙了里外
家无虚丁
巷无浪辈
剩了歌谣儿童

杂记·腊日长安

随了凡心
不寻那年
谁人禅定境界
只闻佛天
三道苦厄尽歇
今日腊月初八
凡人去做凡尘事
泡豆煮米
相馈左右邻家
帘外
长安有雪初下
却难映雪读书
回身
堂前悟道烹茶

杂记·小年

腊尽小年
残雪无痕春长安
仍是年年旧俗
只寻三四友
围炉豚酒饧糖
祭了灶神仙
虽说村庵灯市永
城中年味黯
世事如斯
皆是转眼风光
富贵浮烟
且贪正午酒歌
醉了去
不看红尘男女
相思雁后
恩爱花前
待薄暮醒时
身旁嫚语
却是小君怨

杂记·祭灶

小年了
不再官三民四
奈何梦里寻汴梁
看伊人扫尘
男子祭灶
正人间
流风民俗
不论富贾穷户
一分工夫
九分热闹
望数十岁月
青丝已白灶神不老
醉饱处
观瞧家妇剪纸
叮嘱
邻门鸳鸯戏水
咱家二龙戏珠

杂记·崆峒

寒露

难赏长安稀疏幽白

西出

不作祭秋求雨

却寻泾河西东

挂念伏羲画卦

问道黄帝

挑檐边

少了双飞燕子

教人懒听

华亭曲子戏

谁人依然

仍待文王祭天

只是偏听泾水呜咽

看崆峒无语

遁去

羞与路人话崆峒

方知

道历即黄历

术语择吉

杂记·再游崆峒

岁末崆峒
陇东明珠冷
再无寒鸦
辽东栎枝停
粉雪掩路
难寻黄帝膝下血染径
枯迹已是寒风扫
香寺香火轻
笑问纪翁
且说后山野花艳
学始皇登临
禅居生活
可作来年五月行

杂记·清末民俗

吼起
一声秦腔
吼出西周
花音慢板响盛唐
秦风扬起
帝都黄土
埋了十三朝风光皇族
明祖赶场顺天府
轮流做的皇帝
得意了马背民族
血性汉子悲故土
秦川吼起《八义图》
西安府
满族的辫子
甩开传代的汉俗
官左民右
奉旨剃发低头颅
南京小帽
偷拜曾经的太祖
缺襟马褂
惹起汉子对酒哭

汉女无争
旗人袍下裹小足
小儿无意
馋食市井夏糕和秋酥
西安府
改朝仍有旧民俗
佃农地主
门户仍贴天师符
城里粉巷
花髻女子不迈足
东市西市
南北客吞袖捏手数
清朝江湖
民讨碎银官图俸禄
爷们扎堆
煮一泡新茶听眉户
民籍伶人
起句落腔伤寒调
戏台上乱弹东西路
清末民俗西安府

亲子篇·现代诗

（十七首）

女儿曼熙 2006 年出生，八岁开始读诗并尝试着仿写。

一年过去了，她不明白为什么叫她写诗，我只能简单地说：爸爸希望你以后的生活充满诗意。在打着老师旗号的要求下，她的处女作问世了：

《寒假　是一个带锁的盒子》

终于
书包无聊地靠在了墙角
电视挂在墙上
长时间和我对视
屋子是一个茧
里面盛满了我丢弃的时间
屋外枯枝等待着麻雀
计算着春天的距离
我希望春天是一只迷路的蜗牛
假期成为钢琴谱上无数个反复记号
寒假
是一个带锁的盒子
我是被关在盒子里的一支神秘的紫色钢笔
我不想出来
可是
老师拿着钥匙

就这样，寒暑假是她作诗的时间。平日里，繁重的课业负担使她无暇分身。当进入中学，诗歌已经离开她有些距离了。

这次在贺超先生的建议下合作的这本父女集，收录了女儿九岁到十一岁的十几首小诗。

在此，希望女儿的学生时代充满诗意，快乐学习，快乐生活。

另：相关作品曾获第十七届"中国少年作家杯"全国征文大赛二等奖、第二届"中华情"全国诗歌大赛优秀奖、第十七届"语文报杯"全国小学生作文大赛省级一等奖，等等。其中五首诗歌作品被电视剧采用。

"文字就是一块块积木。堆砌的房子，只能容下我的心。心事，像找不到妈妈的孩子，一路哭泣，四处游荡。"

——任曼熙

黄昏

窗外
树影如橘子般淡淡味道
被夕阳扔到了卧室门上
似稻草人的安静

夕阳等待我靠近
送一个狠狠地拥抱
我却像黄澄澄的橘子
逃过

悄悄地等待
和月亮的一次约会

2015 年 2 月 7 日（9 岁）

午后

午后
抽出半缕幻想
飘在竹椅之上
抓一把阳光
闭上眼
欣赏两枚菊黄

时光好似瓣瓣野菊
掉落在身上
是谁奏响了小提琴
给我畅想

我愿做一只变色龙
一个多彩的行者
在午后的时光里
隐藏

2015 年 2 月 8 日（9 岁）

头花

听说
美人鱼长得很丑
丑小鸭可以变成天鹅
只有妈妈夸我漂亮

我说
我是一粒沙子
把我丢弃的
是一群悲伤的骆驼

它们衔着晚霞
火红
那是我长发上的
头花

2015 年 2 月 12 日（9 岁）

雨水·烟花

今天
大年初一
妈妈告诉我是雨水
我说
雨水是节气
它是天空给大地的红包

春节
像田野中的大树
我是树下
等待雨水的孩子

妈妈说
我给你雨水
我说
让我给夜空一个红包吧

今夜
那一簇簇美丽的
烟花

2015年2月19日（羊年大年初一夜）（9岁）

寒假·自由

寒假
是一部无字小说
自由
是章节中的插画
你看到的彩虹
是我弯弯的睫毛

有谁看见
赛跑时睡觉的兔子
是否
它是小说终结的伏笔

而我
要做自由的歌者
在扉页上
放歌

2016 年 1 月 19 日（10 岁）

冷

羽绒
塞满了衣服
温暖
给了杀手

冰冷的先知
是春江水暖的传说

地球一个仰望
使我感到寒冷

我看见
太阳无动于衷

2016 年 1 月 28 日（10 岁）

窗台上的一盆水仙

你
是前世
谁的一抹纯白
浮华中
随时光荏苒

谁
呼唤
来生的缘
我穿梭千年
缘于
美的眷恋

那一世
你的低语
叠绕今生
窗台上
一盆开花的水仙

2016 年 2 月 1 日（10 岁）

蝉

你的细语
沉醉了暑假
清丽薄翼
是无字的素雅

孤独的歌者
我不懂
你的情歌

我还在路上
你还在放歌
大地的脑海
默默

2016 年 7 月 26 日（10 岁）

含羞草

是否
昨夜风轻拂
望你含羞
绿裙合

你忘却我
那是谁的悲歌
心如漠

匆匆日落
任时光青涩
有梦含羞
在你的屋舍

今夜
我也是一棵

2016 年 7 月 27 日（10 岁）

绿萝·童话

我没有水晶鞋
小矮人只是童话
我是角落里的蜗牛
暗恋阳光如洒

种一棵葡萄树吧
等待明年往上爬
听青蛙王子的赞歌
再结一树的葡萄
用巫婆的魔法

我想流泪
我不是蜗牛
也没有魔法
没有树让我爬

只有一株绿萝
一本童话
走进八月的夏

2016 年 7 月 29 日（10 岁）

八月的星期五

阳光
踢开七月的夏天
我看见
南方在下雨

如火如荼的花朵
让我的目光
在南方栖居
春生夏长的树
自在吐纳
我却没有时间玩耍

憧憬他日
西北之北

我要过
半耕半牧的生活
哼一曲茶俗歌谣
至少
一怀温和

拉开窗帘
我在西安
八月的
第一个星期五

2016 年 8 月 5 日（10 岁）

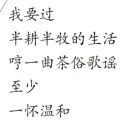

假期是一杯咖啡

夏
讲述着春
发芽的故事

阳光
扯破了思想
季节的妙彩
把我打回暑假本味

习题是沸腾的水
滚烫了玩耍的天真
假期是一杯咖啡
咽下无糖的苦

幻想
闹钟永远不响
恒久
午后时光

2016 年 8 月 3 日（10 岁）

我不懂人生如茶

茶香
把氛围炒热
弥漫
素净的闲逸空气

绿叶
沾满大地的思想
泡一壶
冲开茶客的苦涩

大地种下我的想象
我愿做一把茶壶
煮开
十岁的花样人生

但是
我不懂
人生如茶

2016 年 8 月 4 日（10 岁）

周末是虫子的果核

苹果
只剩果核
这是
虫子的周末

变脸
是飞蛾的川剧
乌瓦粉墙
挂着蜘蛛的寂寞

苹果
终于砸破
虫子的失落
牛顿
开始笑了
他的生活

我是否也要在
树下坐坐

2016 年 8 月 5 日（10 岁）

霾·城市

城市病了
人是它的寄生虫
你沉默不语

霾了的视线
只能看见
窒息的鼻头
痛苦地和口罩赌气

墙角的地球仪
是我的天蓝记忆
几尾热带鱼
看不见天上颗粒

一株无污染的蔬菜
开始等待
一只
不愿破壳的小鸡

2017 年 1 月 17 日（11 岁）

苹果

草籽死了
喂饱了鸽子
谁在复活岛
复活
目睹了石人
埋下草籽

重生的草原
被某个部落狂欢
煮沸了海水
让硕大的鲸鱼
向往鱼缸的生活

我看见
一条条断臂
女神隔着冰冷玻璃
想吃我那
咬过的
苹果

2017 年 1 月 19 日（11 岁）

鼓者

无人问津
沙漠撒哈拉
我是史前鼓者

陌生的画匠
把我描进
熟稔的壁画
不变的身姿
变幻一现昙华

鼓声隐约天际
浑厚的低音
终于吸引
奔跑的蜘蛛
结网打捞

此刻
横出素描般
清纯年华

2017 年 1 月 20 日（11 岁）

后　记

说白了，无聊或者酒后微醺时填上一阕词，早已是观者无味、品者自足，打发时间的一种生活了。

前几日，友人问我为什么要出诗词集，我说是想给自己以前的生活画个句号。回答完后忽然就感觉以前很傻。

在这结束的一年闭关日子里，每天给老婆孩子做饭之余就是读书码字。有时候自己很惊异汉字的妙趣，字与字的混搭就可以使人沉醉于其中的意境。如果一个人浸于文字，那就如两栖动物，都是活着，一半是精神，一半是现实。

曾经认为，与友相聚，最喜把酒东篱、著一袭菊香，赏明月、填小词。与君择时围炉趣，莫管明日人千里。

还很酸地说过：闲时隐居长安吟诗填词，忙里行走云南采茶品茗。叹世态薄凉，避世哗遁入微博，寻一二文友以涤俗尘……

酸不？酸吧，还傻。

写诗填词的人就像一枚青杏，不由得不酸。沧桑之后，仍有一粒顽固不碎的核，以及苦苦的芯。这种苦，和情怀有关，并且傻傻的：就是拉着现实主义的大车、睁着浪漫主义的泪眼去追逐唯美主义的身影。

这些都是 20 世纪八九十年代落下的诗意＂病根儿＂。这病不痛不痒，却深入心肺。

没有唇印的杯子不会给人遐想，没有诗意的人生不会令人着迷。虽然如此，想想，还是试着把它治了。

　　物质是弯腰刨食后的起身，精神是起身后的仰望。糊口还是放在首位吧。

　　这本诗词集的出版，非常感谢榆星文化艺术中心纪宏栋先生的鼎力相助，并且得到了"全国十大读书人物"贺超先生全程策划并组团帮忙，在此也谨谢 @ 周立峰 @ 邓楠，并谢支持关心我的好友们！

　　最后特别感谢中南大学杨雨教授、作家安意如以及贺超先生为诗词集作推荐语。

　　　　　　2019 年 8 月 14 日星期三　记于一泊草堂